Écrivains | numéro 12

SAMUEL BECKETT, L'ÉCRIVAIN DU NÉANT

— Comment faire de l'antilittérature ?

par Clémence Verburgh

50MINUTES

Avec la collaboration de Gauthier De Wulf

SAMUEL BECKETT

- **Nom ?** Samuel Barclay Beckett.
- **Naissance ?** Né le 13 avril 1906 à Foxrock (Irlande).
- **Mort ?** Décédé le 22 décembre 1989 à Paris.
- **Contexte ?** La deuxième moitié du xxe siècle et l'émergence du Nouveau Roman, qui rejette les conventions littéraires.
- **Œuvres majeures ?**
  - *Murphy* (1947)
  - *Molloy* (1951)
  - *Malone meurt* (1951)
  - *En attendant Godot* (1952)
  - *L'Innommable* (1953)
  - *Oh les beaux jours* (1963)
  - *Watt* (1968)
  - *Mercier et Camier* (1970)

Samuel Beckett est un écrivain insaisissable. D'origine irlandaise, il décide de s'installer à Paris et d'écrire des livres en français, une langue qu'il ne connaît pas aussi bien que l'anglais. Que raconte-t-il ? La réponse est simple : rien. La Seconde Guerre mondiale n'a laissé que des morts, des blessures... et le silence. Cette guerre, il y a participé et en a gardé des traces. Alors Beckett nous livre son expérience, mais plus comme avant, plus comme le faisaient les auteurs du xixe siècle. Résistant pendant le conflit, il se rebelle également contre les conventions romanesques et théâtrales, mélangeant, dénouant et révélant les ficelles de l'intrigue et des personnages. Il explore les limites de la langue et de la littérature, tout comme ses contemporains du Nouveau Roman : Nathalie Sarraute (1900-1999), Claude Simon (1913-2005), Alain Robbe-Grillet (1922-2008) ou encore Michel Butor (né en 1926).

Ils ne veulent plus que le lecteur s'identifie à leurs histoires car, au XXe siècle, on ne peut plus croire en rien. On ne peut qu'espérer et attendre un meilleur lendemain.

Avec un style qui n'a rien de conventionnel et qui prône le « mal dire », Beckett laisse une empreinte indélébile dans la littérature française : *Molloy, Malone meurt, L'Innommable, En attendant Godot...* autant d'œuvres « antilittéraires » qui marquent profondément le XXe siècle. En 1969, l'écrivain reçoit même le prix Nobel de littérature.

CHANGER LA LITTÉRATURE

1900. Le XXe siècle s'ouvre sur l'innocence, l'insouciance et le plaisir de vivre : il s'agit de la Belle Époque, dont certains situent déjà le début dans les années 1880, et qui prendra brutalement fin avec l'horreur de la Première Guerre mondiale (1914-1918). Ces premières années ne sont pas propices à l'innovation littéraire. Les écrivains perpétuent la veine du roman réaliste, sans se l'avouer, prétendant publier des romans de mœurs ou des romans psychologiques. Même si le cadre et les personnages changent, l'ambition est la même que celle des auteurs du XIXe siècle : raconter une histoire sur les habitudes de leur époque.

Les premiers grands romans novateurs du siècle n'apparaissent qu'après la Grande Guerre, dans les Années folles (1920-1929) – période d'amusement et de renouveau après le conflit –, grâce à André Gide (1869-1951), Marcel Proust (1871-1922), James Joyce (1882-1941) et Franz Kafka (1883-1924), qui donnent à la littérature un nouvel élan. Ils partent tous du même constat : il est temps d'appréhender le réel autrement et d'abandonner les récits entière-ment construits autour des traits psychologiques des personnages. Ils travaillent davantage sur la beauté de la langue plutôt que sur la réussite de l'histoire. Certains auteurs se réunissent alors pour former le premier mouvement majeur du XXe siècle, le surréalisme. Le ton est désormais donné et, petit à petit, une littérature de laboratoire émerge. Dans les années 1930 et 1940, des auteurs comme Louis-Ferdinand Céline (1894-1961), avec *Voyage au bout de la nuit* (1932), et Raymond Queneau (1903-1976), avec *Exercices de style* (1947), poussent l'expérimentation encore plus loin.

Si certains écrivains choisissent de faire écho, dans leurs œuvres, à leur engagement politique, comme André Gide ou André Malraux (1901-1976), d'autres, en revanche, écartent toute réflexion politique de leurs écrits.

L'ÉMERGENCE DU NOUVEAU ROMAN

À partir de 1940, l'innovation littéraire est une nouvelle fois compromise par la Seconde Guerre mondiale (1940-1945). Le nombre incalculable de morts, la barbarie nazie et l'expérience traumatisante de la Shoah ont un profond impact sur les mouvements esthétiques qui lui succèdent. Ceux-ci se construisent directement en réaction contre l'histoire et la société. Parmi eux naissent, dans les années 1940-1950, l'existentialisme, le théâtre de l'absurde et le Nouveau Roman, auquel se rattache Samuel Beckett.

Le Nouveau Roman n'est pas à proprement parler un mouvement littéraire ; il s'agit plutôt d'un regroupement d'écrivains qui entendent déconstruire les valeurs romanesques. La plupart publient leurs œuvres aux éditions de Minuit, encouragés par Alain Robbe-Grillet, qui y est conseiller éditorial, et défendus par Jérôme Lindon (1925-2001), directeur de la maison. Le Nouveau Roman est théorisé dans deux textes fondateurs : *L'Ère du soupçon* (1950) de Nathalie Sarraute et *Pour un Nouveau Roman* (1957) d'Alain Robbe-Grillet, deux ouvrages qui rejettent à la fois l'illusion et les conventions romanesques.

> « Nous en a-t-on assez parlé, du "personnage" ! Et ça ne semble, hélas, pas près de finir. Cinquante années de maladie, le constat de son décès enregistré à maintes reprises par les plus sérieux essayistes, rien n'a encore réussi à le faire tomber du piédestal où l'avait placé le xixe siècle. C'est une momie à présent. [...] l'époque actuelle est plutôt celle du numéro matricule. Le destin du monde a cessé, pour nous, de s'identifier à l'ascension ou à la chute de quelques hommes, de quelques familles [...]. Notre monde, aujourd'hui, est moins sûr de lui-même, plus modeste peut-être puisqu'il a renoncé à la toute-puissance de la personne, mais plus ambitieux aussi puisqu'il regarde au-delà. Le culte exclusif de "l'humain" a fait place à une prise de conscience plus vaste, moins anthropocentriste. » (Robbe-Grillet (Alain), *Pour un Nouveau Roman*, Paris, Éditions de Minuit, 1957, p. 26-28)

Les Nouveaux Romanciers ne croient plus à l'héroïsme de l'homme, trop méchant et trop cruel. Dans leurs œuvres, ils choisissent plutôt de faire évoluer des antihéros dépourvus de toute personnalité, voire d'identité, allant parfois même jusqu'à les nommer par une simple lettre. Ces « êtres de papier » tiennent des discours incohérents afin de montrer que les mots ne permettent pas de communiquer. Les lecteurs s'en trouvent déstabilisés, incapables de s'identifier aux personnages et à leur vie.

Mais non contents de s'attaquer aux personnages, les écrivains du mouvement, pour matérialiser leurs blessures et marquer leur refus du passé, déconstruisent aussi l'intrigue, font éclater la chronologie et révèlent aux lecteurs toutes les ficelles de la narration, faisant ainsi apparaître le processus même d'écriture. Allant plus loin que leurs prédécesseurs, les nouveaux romanciers font de leurs œuvres un laboratoire de recherche qui a pour objet l'écriture elle-même. Jean Ricardou (né en 1932) explique d'ailleurs à juste titre que « le Nouveau Roman est moins l'écriture d'une aventure que l'aventure d'une écriture » (RICARDOU (Jean), *Problèmes du Nouveau Roman*, Paris, Seuil, 1967). Après, les mouvements et les courants se dissoudront.

L'EXISTENTIALISME ET LE THÉÂTRE DE L'ABSURDE

Courant philosophique des années 1940, l'existentialisme trouve ses meilleurs représentants, en littérature, en Jean-Paul Sartre (1905-1980) et Albert Camus (1913-1960). S'il se divise en plusieurs écoles, il postule, de manière générale, que l'être humain est seul maître de sa vie, libre de poser ses propres actes et de choisir lui-même ses valeurs. Il n'est pas question de déterminisme, de hasard ou d'influence extérieure.

Quant au théâtre de l'absurde, qui émerge dans les années 1950, il découle directement des premières œuvres existentialistes telles que *L'Étranger* (1942) d'Albert Camus. Il rompt totalement avec les conventions théâtrales classiques. Marqués par l'atrocité des deux guerres, les auteurs de l'absurde, parmi lesquels on trouve Samuel Beckett, Arthur Adamov (1908-1970) ou encore Eugène Ionesco (1909-1994), s'interrogent sur la condition humaine et sur le sens de la vie.

BIOGRAPHIE

ENFANCE ET FORMATION

Samuel Barclay Beckett naît en 1906 à Foxrock, dans la banlieue de Dublin, dans une famille protestante de la bourgeoisie aisée. Il vit une enfance heureuse, entouré de son père, *quantity surveyor* (métreur-vérificateur), de sa mère, infirmière, et de son frère Franck, de quatre ans son aîné. À 10 ans, alors qu'il poursuit sa scolarité à l'Earlsfort House School, le jeune garçon voit brûler Dublin depuis le haut d'une colline, lors de la révolte de Pâques. Il conservera toute sa vie un souvenir vif de cet événement.

LA RÉVOLTE DE PÂQUES

Orchestrée par un groupuscule d'Irlandais républicains et nationalistes, la révolte de Pâques, appelée aussi « Pâques sanglante », a pour but de chasser les Britanniques d'Irlande. Elle débute le 24 avril 1916. Le premier jour, les victimes britanniques sont nombreuses et les insurgés proclament la république d'Irlande. Mais malgré l'effet de surprise, les autres Irlandais ne suivent pas le mouvement et les Anglais, plus nombreux et mieux armés, répliquent rapidement. La révolte dure six jours et se solde par la défaite des Irlandais. Au total, elle fait plus de 400 morts et provoque par la suite une vague de mises à mort pour éviter aux Britanniques de devoir à nouveau faire face à une opposition irlandaise.

Sur le plan scolaire, Beckett ne laisse rien présager d'un quelconque goût littéraire. Ses résultats en français et en anglais sont plutôt médiocres ; en revanche, il se distingue dans la pratique des sports. En octobre 1923, il entre au Trinity College, où il étudie les langues française et italienne. Il fait alors preuve d'un véritable don et se passionne pour Dante Alighieri (1265-1321). En 1926, une fois son *Bachelor of Arts* en poche, il devient d'abord professeur au

Campdell College de Belfast – il détestera enseigner ! –, puis, en octobre 1928, il part à Paris. Il y est lecteur d'anglais à l'École normale supérieure et chargé de cours à la Sorbonne. À la même époque, il rencontre James Joyce, dont il devient proche, malgré leurs conceptions littéraires très différentes. Beckett lui consacre une partie dans son essai *Dante... Bruno. Vico.. Joyce* (1929), et aide l'auteur, presque aveugle, à terminer de rédiger *Finnegans Wake* (1939). Toutefois, leur amitié est houleuse et entachée de plusieurs querelles dues, notamment, au refus de Beckett de prendre en mariage la fille de Joyce, Lucia.

PREMIERS ESSAIS

En 1930, Beckett retourne au Trinity College, où il devient assistant de français. Il étudie notamment Balzac (1799-1850), dont il rejettera le roman réaliste par la suite. Durant cette période, il lit également de nombreux philosophes. René Descartes (1596-1650) lui inspire d'ailleurs le poème *Whoroscope*, avec lequel il remporte un concours en 1930. L'année suivante, il obtient son *Master of Arts* et publie une étude sur Marcel Proust, puis abandonne son poste d'enseignant pour se consacrer pleinement à l'écriture. En 1933, après la mort de son père d'une crise cardiaque, Beckett profite de l'héritage fraîchement reçu pour voyager à Londres, en Allemagne et en Irlande. Parallèlement, il travaille à l'élaboration de *More pricks than kicks* (1934), un recueil de nouvelles inspiré de *La Divine Comédie* (1472) de Dante, censuré en Irlande, mais publié en Angleterre.

Durant l'été 1937, Beckett s'installe définitivement à Paris. L'année suivante, il publie à Londres son premier roman en anglais, *Murphy* (1938), et rencontre Suzanne Deschevaux-Dumesnil (1900-1989), avec qui il se mariera en 1961. Lorsque la Seconde Guerre mondiale éclate, Beckett, qui est en Irlande, s'empresse de revenir à Paris.

Il s'engage alors dans la Résistance, mais doit rapidement s'isoler à Roussillon, dans le Vaucluse, sous peine d'être arrêté. La nuit, il écrit, toujours en anglais, *Watt*, qui ne sera publié qu'en 1968.

En 1945, l'écrivain prend une grande décision : il rédigera désormais ses œuvres en français. Mettant immédiatement son projet à exécution, il se lance dans l'écriture de *Mercier et Camier*, qui ne paraîtra cependant qu'en 1970. Il traduit également ses œuvres antérieures de l'anglais vers le français (*Murphy* est publié en français en 1947) et s'occupera lui-même, par la suite, de la traduction de ses œuvres francophones en anglais. Ce bilinguisme, caractéristique de l'œuvre de Beckett, suscitera chez les critiques de nombreuses interrogations en ce qui concerne son appartenance littéraire – est-ce un écrivain francophone ou anglophone ? – et sa langue de référence.

L'ENTRÉE EN LITTÉRATURE

De 1947 à 1949, Beckett écrit les trois romans qui constitueront sa célèbre trilogie : *Molloy* (1951), *Malone meurt* (1951) et *L'Innommable* (1953). Grâce à sa femme, ils sont publiés aux Éditions de Minuit par Jérôme Lindon, puis traduits dans le monde entier. Entre-temps, la mère de Beckett meurt de la maladie de Parkinson ; par la suite, la figure maternelle sera prégnante dans ses textes.

Après des débuts difficiles, Beckett entrevoit la possibilité d'une percée. Mais c'est au théâtre qu'il connaît enfin le vrai succès avec *En attendant Godot* (1953). Il devient alors un des représentants majeurs du théâtre moderne. Le 23 octobre 1969, il reçoit une lettre de Jérôme Lindon : « Chers Sam et Suzanne. Malgré tout ils t'ont donné le Prix Nobel – Je vous conseille de vous cacher. Je vous embrasse. » (DEVARRIEUX (Claire), « Beckett, l'étoile de *Minuit* », in *Libération.fr*, consulté le 16-07-2015) Beckett accepte le prix, mais, ayant horreur de se montrer en public, demande à son éditeur de se rendre à Stockholm à sa place pour le récupérer.

Sa nouvelle notoriété amène l'écrivain à enchaîner les publications et à écrire des scénarios et des scripts pour d'autres médias, comme la radio, la télévision ou encore le cinéma. Parmi ses nombreux écrits se distinguent encore les pièces *Fin de partie* (1957) et *Oh les beaux jours* (1961), ainsi que *Le Dépeupleur* (1970), *Pour finir encore* (1976), *Cap au pire* (1986) et *Soubresauts* (1989). Au fur et à mesure de sa carrière, l'écriture de Beckett devient de plus en plus épurée et minimaliste, ce qui rend la compréhension de ses textes de plus en plus difficile. Il meurt le 22 décembre 1989 d'une embolie pulmonaire, quelques mois seulement après son épouse.

CARACTÉRISTIQUES

UNE ŒUVRE ANTILITTÉRAIRE

Le projet de Beckett est intimement lié à celui du Nouveau Roman : il refuse les conventions littéraires tout en explorant les limites du langage. Pour appuyer ses considérations, il cite à de multiples reprises Balzac, qu'il a enseigné au Trinity College, mais pas dans le but de le louer, loin de là. À ses yeux, il s'agit de l'exemple même à ne pas reproduire. Bien qu'il soit considéré comme l'écrivain réaliste par excellence, Beckett lui reproche assez paradoxalement son manque de réalisme dans ses descriptions : Balzac dépeint une société qu'il semble maîtriser entièrement, or c'est impossible. Plutôt que d'être un auteur moderne, il n'est, selon lui, qu'un romantique qui s'est lancé dans une tentative réaliste ratée, parce qu'il se concentre uniquement sur les éléments superficiels. Seuls deux auteurs réalistes trouvent grâce à ses yeux : Stendhal (1783-1842) et Gustave Flaubert (1821-1880), qui parviennent à préserver la complexité du réel, et à représenter l'inexplicable et le caractère imprévisible de l'être humain.

Rejetant la littérature réaliste du siècle précédent, Beckett cherche à faire de la littérature autrement, justement en essayant de ne pas en faire, en écrivant des œuvres antilittéraires. Malgré tout, il publie des romans, et se méprise alors lui-même dans ses propres textes : « Ce n'est pas arrivé à ce point de mon récit que je vais me lancer dans la littérature. » (BECKETT (Samuel), *Molloy*, Paris, Éditions de Minuit, 1951, p. 206) Sans cesse, il avoue « chercher à effacer les textes plutôt qu'à noircir des marges » (*Ibid*, p. 16) ou se dédit des propos affirmés auparavant. Cette autodénigration s'observe également dans le choix de termes grossiers ou dépréciatifs pour certains de ses titres : *Nouvelles et Textes pour rien* (1955), *Pour finir encore et autres foirades*

(1976), *Mal vu, mal dit* (1981) ou encore *Poèmes suivis de mirlitonnades* (1976-1978) (en référence à l'expression « écrire des vers de mirliton », qui signifie « des vers de mauvaise qualité »). De manière générale, Beckett se plaît également à commenter ses propres textes et sa manière d'écrire. Ses propos, tout en marquant son mépris pour son propre travail, assurent à son œuvre une certaine cohérence en donnant l'impression que celle-ci n'est qu'un ensemble de tentatives ratées pour créer une parole unique : « D'essayer. De raté. N'importe. Essayer encore. Rater encore. Rater mieux. » (BECKETT (Samuel), *Cap au pire*, Paris, Éditions de Minuit, 1991, p. 8) En somme, ses textes ne sont rien d'autre qu'une réflexion de la littérature sur elle-même.

DIRE LE NÉANT ET DÉNONCER LE MONDE

Profondément marqué par la guerre et par l'atrocité nazie, Beckett crée des personnages en quête de quelque chose qu'ils ignorent, mais qui est normalement censé améliorer leur quotidien. Ils sont généralement sans passé, car amnésiques, et sans avenir, car enfermés dans un temps cyclique. Ils oublient ce qu'ils savent, ignorent ce qu'ils attendent et n'ont aucune idée du but qu'ils poursuivent. Malgré leurs tentatives, ils ne parviennent pas à avancer, au sens figuré, mais aussi au sens propre : ils souffrent généralement d'une déchéance physique ou sont coincés dans une pièce ou un lieu dont ils ne peuvent s'échapper. Les discours qu'ils tiennent reflètent leur impossibilité à évoluer : les mots manquent, sont décousus ou affluent dans de longues logorrhées. Ces êtres de papier cherchent en fait à obtenir le pardon des hommes, mais rien ne vient. Ils ne récoltent que le silence. Les mots s'effacent alors, les êtres aussi ; tout se désintègre et il ne reste plus que le néant et la mort comme seule issue.

À travers ses textes, Beckett s'interroge en particulier sur l'écriture en tant que moyen de communication et sur la difficulté à dire les choses au sortir du traumatisme de la guerre. Il conclut que l'homme est incapable de communiquer avec l'autre, car il n'a pas réussi à éviter les massacres, et que l'écrivain n'est pas davantage apte à dire les choses grâce à sa plume. Pour marquer cette impossibilité, il excelle volontairement dans l'art du mal dire : il fait des erreurs de grammaire, supprime la ponctuation, invente de nouvelles règles, etc. Souvent, il écrit qu'il aimerait que quelqu'un reprenne son texte, mais seulement pour le rendre encore plus défectueux. Pour lui, plus c'est mal écrit, mieux c'est. Son œuvre, trouée et désarticulée, est en permanence à refaire et à reconstruire.

Le mal dire, chez Beckett, loin de se résumer à une mauvaise écriture, est un moyen de dénoncer un monde qui n'a aucun sens. L'écrivain le définit comme une agression de la langue destinée à dire le mal qui nous entoure. En somme, désagréger la langue lui permet de mettre en scène un monde qu'il trouve boueux et informe. D'ailleurs, il n'hésite pas à utiliser des mots vulgaires, voire scatophiles. Son style particulier se définit donc comme antilittéraire, puisqu'il rejette tout ce qui est conventionnel. Par extension, c'est toute la littérature en général que l'écrivain remet en cause. Ainsi, il ne se concentre pas seulement sur la désagrégation de la langue, il explore également les limites entre les genres, et fait de la littérature un lieu expérimental dans lequel il transgresse à loisir les règles tacites et cherche à déstabiliser ses lecteurs.

SÉLECTION D'ŒUVRES

MOLLOY

Écrit dans les années 1946-1947 et publié en 1951, *Molloy* est le premier roman de l'auteur à paraître aux Éditions de Minuit. C'est aussi le premier volet de sa trilogie romanesque. Il marque un tournant dans l'œuvre de Beckett qui y révèle enfin son propre style, dont la fraîcheur et l'originalité sont d'emblée saluées par plusieurs critiques : Jean-Jacques Mayoux (1901-1987), dans *Molloy : un événement littéraire, une œuvre*, et Georges Bataille (1897-1962), dans sa revue *Critique*. Le roman est composé de deux parties : la première raconte l'histoire de Molloy, la seconde celle de Moran.

Allongé dans un lit, Molloy se remémore certains passages de sa vie, qu'on lui a demandé d'écrire. Il se souvient être parti à la recherche de sa mère en bicyclette alors qu'il était paralysé d'une jambe. Pendant son voyage, il erre en ville et dans la campagne, écrase un chien et est recueilli par sa propriétaire, puis tue un homme dans une forêt. Désormais paralysé de tout son corps, il tombe ensuite dans un fossé et se retrouve dans le lit de sa mère. De son côté, le détective Moran reçoit l'ordre de retrouver Molloy. Il part alors à sa recherche en bicyclette, accompagné de son fils, qu'il perd mystérieusement en route. Petit à petit, il perd l'usage de sa jambe, puis son éthique : il tue un homme. Finalement, on lui ordonne de retourner chez lui sans qu'il ait réussi à retrouver Molloy.

Les narrateurs produisent chacun une sorte d'autobiographie qui n'est pas destinée à un public. Ils sont donc à la fois acteurs et rapporteurs. Les deux intrigues qu'ils nous livrent possèdent une structure similaire : Molloy raconte la quête antérieure de sa mère et Moran relate la recherche de Molloy. Par ailleurs, elles ne sont pas hermétiques. Plusieurs éléments de la première trouvent en effet un écho dans la seconde et inversement : à la dégradation et à la clochardisation de Molloy répondent celles de Moran, les deux protagonistes font une rencontre violente dans la forêt et, enfin, ils utilisent tous deux une bicyclette puis une béquille pour se déplacer. Ces éléments sont également utilisés par Beckett dans ses autres œuvres. Enfin, bien que Moran ne rencontre pas Molloy, force est de constater qu'il se transforme petit à petit en lui.

Beckett, pour la première fois, écrit à la première personne du singulier. Ses deux narrateurs se différencient ainsi totalement des narrateurs omniscients des romans réalistes, d'autant plus que le premier est amnésique et défaillant : « Sa mémoire était défectueuse à tel point que ses messages n'existaient pas dans sa tête, mais uniquement dans son calepin. Il n'avait qu'à fermer le calepin pour devenir, une minute plus tard, d'une innocence parfaite en ce qui concernait son contenu. » (*Molloy, op. cit.*, p. 145). Aussi avoue-t-il sans cesse son impuissance en répétant qu'il « ne sait pas », qu'il « pense » ou qu'il « croit savoir ». Il rencontre des difficultés pour reconstruire correctement l'ordre des événements et se perd dans d'innombrables digressions, égarant par la même occasion le lecteur.

Quant aux personnages secondaires, ils sont simplement cités, n'ont aucune consistance et ne font que passer : ils sont donc uniquement liés à un endroit et à un moment de l'histoire. Parfois, un même nom sert à désigner plusieurs personnages différents : « Maman s'appelait-elle Molloy ? Sans doute. Elle doit s'appeler Molloy aussi, dis-je. » (*Ibid.*, p. 29) Ainsi, tous finissent par se confondre finalement dans Molloy, qui assure dès lors une unité au texte. Seules quelques figures reviennent à plusieurs reprises, comme Youdi, le directeur de l'agence, ou encore Gabert, le supérieur direct de Moran. Mais malgré leur récurrence, ces personnages n'ont pas plus d'identité que les autres.

Enfin, notons encore que le discours écrit des narrateurs est sans cesse dédit et dévalorisé : « Je veux dire qu'à la réflexion, à la longue plutôt, mes excès de paroles s'avéraient pauvretés et inversement. » (*Ibid.*, p. 44) Il reproduit en réalité leur monologue intérieur, c'est-à-dire la parole en train de se faire au moment même où elle est pensée.

MALONE MEURT

Malone meurt, deuxième volet de la trilogie romanesque de Beckett, est écrit entre 1947 et 1948, et publié la même année que *Molloy*. Le roman raconte l'histoire de Malone, alité dans une chambre close, qui attend de mourir. Sa seule distraction : écrire dans un cahier. Il a pour projet de relater l'histoire d'un homme, d'une femme, d'un objet et d'un animal, ainsi que d'établir l'inventaire de tout ce qu'il possède. Il parle également de son état psychologique et physique, et de ses plans pour sortir de la pièce où il est enfermé.

Malone meurt entretient de nombreux liens avec *Molloy*. On y retrouve également un personnage alité – peut-être s'agit-il même de Molloy qui serait devenu Malone ? –, qui doit lui aussi produire un texte. Plus précisément, Malone compose deux types d'écrits. D'une part, il rédige des fictions anciennes qui reprennent l'ensemble des conventions littéraires traditionnelles du roman réaliste « à la Balzac ». Malone raconte ainsi l'histoire des Saposcat et des Louis, puis de MacMann et de Moll, et il a aussi pour projet de rédiger une fiction sur une pierre. Le narrateur de ces récits « réalistes » est évidemment tout-puissant – « Si je disais, Maintenant j'ai besoin d'un bossu, il en arrivait un aussitôt, fier de la belle bosse qui allait faire son numéro. Il ne lui venait pas à l'idée que je pourrais lui demander de se déshabiller. » (BECKETT (Samuel), *Malone meurt*, Paris, Éditions de Minuit, 1951, p. 9) –, mais, au fur et à mesure qu'il crée, il s'ennuie de plus en plus et trouve ce travail de création trop laborieux : « Quel ennui. Et j'appelle ça jouer. » (*Ibid.*, p. 23) ; « Quel ennui. Si je passais à la pierre ? Non, ce serait la même chose. » (*Ibid.*, p. 69)

D'autre part, Malone écrit une histoire d'un autre type, à la première personne du singulier, dans laquelle il fait le bilan de sa vie grâce à un inventaire de ses possessions. Il revient également sur certains événements qui l'ont marqué. Ce récit contraste fortement avec les fictions traditionnelles qu'il a inventées : « Je ne tardais pas à me retrouver seul, sans lumière. C'est pourquoi j'ai renoncé à vouloir jouer et fait pour toujours mien l'informe et l'inarticulé, les hypo-thèses incurieuses, l'obscurité, la longue marche les bras en avant, la cachette. » (*Ibid.*, p. 9) Par ailleurs, tous ces récits s'entrelacent, un phénomène encore renforcé par de nombreux échos : le crayon de Malone devient le stylo de Saposcat, le narrateur étendu sur son lit renvoie à MacMann couché sous la pluie, la mise à mort de Moll fait écho aux coups sur le crâne de MacMann, etc. Il y a de quoi embrouiller les lecteurs !

En conclusion, *Malone meurt* est un roman qui parle surtout de l'impossibilité d'écrire et de communiquer : « Je recommençais. Mais peu à peu dans une autre intention. Non plus celle de réussir, mais celle d'échouer. » (*Ibid.*, p. 34) ; « Peut-être ai-je seulement envie de l'entendre dire encore une fois. Encore une petite fois. Pourtant non, je n'ai envie de rien. » (*Ibid.*, p. 41) Dans ce roman, l'écriture est vue comme une activité qui précède la mort. Ainsi, avec *Malone meurt*, Beckett fait un pas de plus vers l'insaisissable et vers le dépouillement. Si, dans *Molloy*, les personnages évoluaient encore dans différents lieux, Malone est quant à lui coincé dans une pièce close. La trilogie de Beckett s'oriente vers des espaces de plus en plus confinés.

L'INNOMMABLE

Cet enfermement atteint son apogée dans *L'Innommable*, le dernier volet de la trilogie, terminé en 1949 et publié en 1953. Ce roman raconte les longues digressions autour du néant d'un homme assis dans un endroit indéterminé, mais tellement confiné qu'il est incapable de bouger.

Dans ce troisième opus, le personnage qui s'exprime est totalement indéterminé lui aussi. Il s'agit simplement d'un « je » dont on ne sait rien, mis à part qu'il est coincé quelque part et qu'il ne peut pas bouger. En revanche, il peut parler, et il compte bien le faire. Les personnages des livres précédents, Molloy, Malone, Murphy, etc., passent devant lui, sans jamais échanger la moindre parole avec lui. Ils semblent tourner autour de lui pour le narguer, pour le forcer à continuer de parler. Comme il est contraint de rester immobile, l'Innommable invente alors d'autres mondes et d'autres personnages : Mahood, un homme-tronc coincé dans une jarre, et Worm, un visage indistinct qui n'a qu'une oreille et un unique œil.

Beckett est ici arrivé au bout de son projet : il a défait toutes les ficelles de la fiction, du narrateur, du personnage et même de l'action. Ses personnages ne sont rien et il ne se passe rien. Son récit pourrait tout aussi bien s'arrêter que continuer ; il n'a plus vraiment de raison d'être. Il ne reste plus désormais qu'un écrivain qui essaye de s'exprimer face à l'angoisse qu'il ressent. Au fur et à mesure de sa trilogie, le style de Beckett s'est également épuré tout en se complexifiant :

« [...] il faut continuer, c'est tout ce que je sais, ils vont s'arrêter, je connais ça, je les sens qui me lâchent, ce sera le silence, un petit moment, un bon moment, ou ce sera le mien, celui qui dure, qui n'a pas duré, qui dure toujours, ce sera moi, il faut continuer, je ne peux pas continuer, il faut continuer, je vais donc continuer, il faut dire des mots, tant qu'il y en a, il faut les dire, jusqu'à ce qu'il me trouvent, jusqu'à ce qu'ils me disent, étrange peine, étrange faute, il faut continuer, c'est peut-être déjà fait, ils m'ont peut-être déjà dit, ils m'ont peut-être porté jusqu'au seuil de mon histoire, devant la porte qui s'ouvre sur mon histoire, ça m'étonnerait, si elle s'ouvre, ça va être moi, ça va être le silence, là où je suis, je ne sais pas, je ne le saurai jamais, dans le silence on ne sait pas, il faut continuer, je ne peux pas continuer, je vais continuer. » (BECKETT (Samuel), *L'Innommable*, Paris, Éditions de Minuit, 2004, p. 210-211)

EN ATTENDANT *GODOT*

Publié en 1952, *En attendant Godot* marque un véritable tournant dans la carrière de Beckett, car c'est avec cette œuvre qu'il est enfin reconnu. Après de nombreux déboires, financiers notamment, la pièce est montée par Roger Blin (1907-1984) et jouée pour la première fois en 1953 au Théâtre de Babylone à Paris. Les réactions à la fin de la représentation sont partagées : les applaudissements se mêlent aux sifflets. Néanmoins, dès le lendemain, le bruit court dans les beaux quartiers parisiens qu'un chef-d'œuvre est joué dans ce théâtre. Tout le monde accourt ; c'est le début du succès. Par après, la pièce est jouée aux États-Unis, en Angleterre, en Allemagne et en Italie, suscitant partout un immense engouement. Elle est d'ailleurs encore représentée aujourd'hui.

En attendant Godot met en scène deux vagabonds, Vladimir et Estragon, qui attendent un homme qu'ils ne connaissent pas : un certain Godot. Durant cette attente interminable, ils rencontrent

Pozzo et Lucky, son esclave, traîné en laisse comme un chien. Le problème, c'est que Godot n'arrive pas. Vladimir et Estragon décident de revenir le lendemain, mais il en sera de même, comme des jours suivants :

> « ESTRAGON : [...] Allons-nous-en.
> VLADIMIR : On ne peut pas.
> ESTRAGON : Pourquoi ?
> VLADIMIR : On attend Godot. »
> (BECKETT (Samuel), *En attendant Godot*, Paris, Éditions de Minuit, 1952, p. 16)

Ici, Beckett interroge et rejette les conventions du théâtre classique, comme il l'a fait auparavant avec les conventions romanesques : les lieux et les personnages sont indéterminés, le temps dissolu et le langage désagrégé. L'écrivain aborde également des thèmes neufs pour l'époque, qui sont intimement liés à l'histoire de son siècle : l'absurdité de la vie et de la condition humaine, l'impossible communication avec autrui, et l'attente de quelque chose qui n'arrive pas. Pour toutes ces raisons, *En attendant Godot* se rattache au théâtre de l'absurde.

Dans ses pièces de théâtre, Beckett, comme dans ses romans, réduit progressivement les personnages à des êtres inconsistants, sans psychologie et même, parfois, sans identité. Or, si cela ne pose pas de problème dans le genre romanesque, il n'en va pas de même au théâtre, car la présence du personnage est essentielle pour faire avancer l'intrigue. Ici, les protagonistes évoluent par couple : Vladimir-Estragon et Pozzo-Lucky. Les deux premiers ont des personnalités plutôt antagonistes et se complètent. Vladimir est certain que Godot viendra, se remémore le passé et parle sans cesse, tandis qu'Estragon oublie pourquoi ils attendent, veut s'en aller et cherche à se réduire au silence. Il en est de même pour Pozzo et Lucky, à la fois opposés et complémentaires. Dans le premier acte, Pozzo s'impose comme un maître tyrannique et Lucky comme son esclave, tandis que dans le second acte, la relation s'inverse : Pozzo est devenu aveugle et a besoin de Lucky pour le guider. L'intervention de ce deuxième couple n'a pas de véritable utilité : Beckett dit lui-même qu'ils ne sont là que pour rompre la monotonie de l'attente.

Godot, pour sa part, est un personnage hautement mystérieux, dont on ne sait strictement rien. Vladimir et Estragon l'attendent, mais ils ne savent pas pourquoi, car ils ne le connaissent pas. En fait, Godot est le seul protagoniste susceptible de faire avancer l'histoire ; malheureusement, il n'arrive pas et l'intrigue stagne. Certains critiques pensent que Godot pourrait être une représentation de Dieu (*God* en anglais), seule entité capable de faire changer le monde. Dans ce cas-ci, les personnages attendraient donc en vain un Dieu qui ne vient pas, car pour Beckett, il n'existe pas – bien qu'il ait vécu une enfance dans une famille protestante très religieuse, l'écrivain s'est détourné de la religion suite à la barbarie nazie et aux horreurs de la guerre. Ses personnages sont perdus dans un monde qui leur semble inconnu et étranger, et croire en Dieu est pour eux la seule façon – vaine – de croire encore à quelque chose. D'autres critiques établissent quant à eux un lien avec Godeau, un personnage de la pièce *Le Faiseur* de Balzac. Celui-ci s'est enfui avec les capitaux de son associé qui attend son retour.

Par ailleurs, Beckett ne donne que très peu d'indications sur le cadre spatio-temporel : le premier acte a lieu sur une route de campagne, près d'un arbre, le soir. Le deuxième acte se passe exactement au même endroit, à la même heure, mais le lendemain. Le lecteur et le spectateur sont donc incapables de rattacher les événements de la pièce à une réalité tangible. D'autant plus qu'il ne se passe rien. L'intrigue est pour ainsi dire inexistante. Les personnages attendent, stagnent et discutent pour passer le temps. Les dialogues sont décousus et entrecoupés de longs silences. Beckett, une nouvelle fois, veut montrer qu'il est impossible de communiquer avec autrui et qu'au fond, l'homme est seul. Plus que les dialogues, c'est l'attente qui est le véritable sujet de la pièce. Les couples attendent Godot, donc un changement. Pour l'écrivain, l'homme passe sa vie à attendre quelque chose, sans jamais l'atteindre. La seule chose qu'il trouve, au final, c'est la mort, donc le néant.

SAMUEL BECKETT, UNE SOURCE D'INSPIRATION

Samuel Beckett a produit bien plus qu'une œuvre : il a révolutionné la littérature et lui a donné un nouveau départ, soutenu en cela par les nouveaux romanciers. Après eux, les œuvres se publient de manière isolée, sans véritablement se rattacher à un mouvement précis, car le livre est désormais perçu comme un laboratoire littéraire.

En Belgique, Jean-Philippe Toussaint (né en 1957) a une admiration si forte pour Samuel Beckett qu'il a même tendance à écrire comme lui :

> « C'est la lecture la plus importante que j'ai faite dans ma vie. [...] Sans en être vraiment conscient, je me suis mis à écrire comme Beckett [...]. J'ai été au bout de cette impasse, j'ai connu une période d'abattement et de dépression. Cela a été une épreuve douloureuse, mais salutaire, j'ai dû me défaire de cette influence décisive, de ce regard terriblement lucide sur le monde, noir, pascalien, en même temps que porteur d'énergie et d'un humour triomphant. » (TOUSSAINT (Jean-Philippe), *L'Urgence et la Patience*, Paris, Éditions de Minuit, 2012, p. 97-98)

Il rencontre ce problème d'écriture lors de la rédaction de sa pièce *Draps de lit* (1982). L'auteur abandonne son projet à maintes reprises, car il se rend compte qu'il imite son auteur préféré. Comme Beckett dans *Malone meurt*, il met en scène un personnage alité.

Au début des années 1980, Toussaint écrit deux nouvelles pièces de théâtre, *Ni l'un ni l'autre* et *Rideau*. Il aimerait avoir l'avis de Beckett et décide de lui écrire. Il relate alors cette anecdote :

> « Je lui expliquais que j'essayais d'écrire, j'ajoutais que je supposais
> qu'il devait être très sollicité par des inconnus et je lui proposais,
> plutôt que de lui demander son avis sur un de mes textes, de faire
> une partie d'échecs par correspondance, dont l'enjeu serait la lecture
> d'une pièce de théâtre que je venais d'écrire. Je gagnais, il lisait ma
> pièce, et me donnait son avis. Il gagnait, je relisais ma pièce à tête
> reposée. Je terminais ma lettre ainsi : "au cas où, 1. e4". Par retour
> du courrier, Samuel Beckett m'a répondu : "Les noirs abandonnent.
> Envoyez la pièce. Cordialement. Samuel Beckett." Je lui ai envoyé la
> pièce, et une ou deux semaines plus tard, j'ai reçu un nouveau petit
> mot de sa main, il avait tenu sa promesse : il avait lu ma pièce et me
> conseillait d'abréger certains passages. » (*Ibid.*, p. 87-88)

Outre Jean-Philippe Toussaint, d'autres écrivains et metteurs en scène
ont été influencés par Beckett : Jean-Luc Lagarce (1957-1995), qui a
monté trois pièces courtes de l'écrivain, et Enzo Cormann (né en
1953). Tous deux partagent avec l'écrivain irlandais le désir de détruire
les règles qui régissent le théâtre afin de mettre en scène l'échec.

Mais l'influence de Beckett ne se limite pas à la littérature. Il a également marqué les autres arts. En 2007, une exposition lui a été
consacrée au centre Georges Pompidou. Plusieurs artistes inspirés
par son écriture lui ont alors rendu un magnifique hommage en
faisant dialoguer ses œuvres avec leur propre production : Jérôme
Combier (né en 1971) et Pierre Nouvel (né en 1981) ont proposé *Noir-
gris* (2007), une œuvre sonore et visuelle qui reproduit le rythme de
l'écriture de Beckett ; Stan Douglas (né en 1960) s'est quant à lui
inspiré, avec *Vidéo* (2006), du film expérimental muet *Film*, écrit
par Beckett en 1967.

- Beckett s'inscrit dans la mouvance du Nouveau Roman. Profondément marqué par la guerre et par la barbarie nazie, il remet en question, dans ses œuvres, la société et l'existence humaine, en rejetant toutes les conventions littéraires traditionnelles. Il entend faire de la littérature autrement, justement en essayant de ne pas en faire, en écrivant des œuvres antilittéraires.
- C'est en 1953 que l'écrivain rencontre le succès, avec sa pièce *En attendant Godot*. Pourtant, il a déjà été salué par la critique grâce à sa trilogie romanesque, composée de *Molloy*, *Malone meurt* et *L'Innommable*. Il remporte en outre le prix Nobel de littérature en 1969.
- Ses personnages sont en quête perpétuelle de quelque chose qu'ils ignorent, mais qui est censé leur assurer un meilleur avenir. Cependant, ils ne parviennent pas à avancer, à la fois au sens figuré et au sens propre puisqu'ils souffrent généralement d'une déchéance physique ou sont coincés dans un lieu d'où ils ne peuvent sortir. Ainsi, le changement attendu n'arrive malheureusement jamais, et la seule issue est la mort.
- Leurs discours reflètent leur impossibilité à évoluer, mais aussi leur incapacité à communiquer avec autrui. Pour marquer cette incapacité, l'écrivain excelle volontairement dans le mal dire : il fait des erreurs de grammaire, supprime la ponctuation, invente de nouvelles règles, etc.
- Désagréger la langue lui permet en outre de dénoncer un monde qui n'a selon lui aucun sens. Il en ressort un style particulier qui se définit comme antilittéraire, dans la mesure où il rejette tout ce qui est conventionnel.

SOURCES BIBLIOGRAPHIQUES

* ARVIDSON (Paula), *En attendant Godot, une étude sur les conditions humaines dans le théâtre de l'absurde*, s.l., 2011.
* « Beckett exposé comme modèle », in *20 minutes*, consulté le 18/05/2015.
http://www.20minutes.fr/culture/149472-20070403-beckett-expose-comme-modele
* BECKETT (Samuel), *En attendant Godot*, Paris, Éditions de Minuit, 1952.
* BECKETT (Samuel), *L'Innommable*, Paris, Éditions de Minuit, 1953.
* BECKETT (Samuel), *Malone meurt*, Paris, Éditions de Minuit, 1951.
* BECKETT (Samuel), *Molloy*, Paris, Éditions de Minuit, 1951.
* BIRKETT (Jennifer), *Waiting for Godot by Samuel Beckett*, Londres, Macmillian Education Ltd, 1987.
* BRETON (André), *Manifeste du surréalisme*, Paris, Gallimard, 1962.
* DEMOULIN (Laurent), « Préface : Toussaint dans de beaux draps », in *Orbi*, consulté le 16/05/2015. http://orbi.ulg.ac.be/bitstream/2268/154207/1/Pr%C3%A9face%C2%A0des%20Draps%20de%20lit%20de%20Toussaint.pdf
* DEVARRIEUX (Claire), « Beckett, l'étoile de *Minuit* », in *Libération*, consulté le 16/07/2015.
http://www.liberation.fr/culture/2011/08/10/beckett-l-etoile-de-minuit_754111
* ESSLIN (Martin), *The Theatre of the Absurd*, New York, First Vintage Books, 2001.
* « *L'Innommable* », in *Les Éditions de Minuit*, consulté le 24/05/2015.
http://www.leseditionsdeminuit.fr/f/index.php?sp=liv&livre_id=1503

- « Le Nouveau Roman », in *Site magister*, consulté le 22/05/2015.
  http://www.site-magister.com/nouvrom.htm#axzz3b4UprEbq
- LUMBROSO (Valérie), « Samuel Beckett », in *Samuel Beckett*, consulté le 15/05/2015.
  http://www.samuel-beckett.net/ecrivain.html
- MAYOUX (Jean-Jacques), « *Molloy* : un événement littéraire, une œuvre », in BECKETT (Samuel), *Molloy*, Paris, Éditions de Minuit, 1951.
- « Molloy », in *Encyclopedia universalis*, consulté le 24/05/2015.
  http://www.universalis.fr/encyclopedie/molloy/
- MONTAGUE (John), « Beckett, inconnu et inconnaissable », in *Le Magazine littéraire*, n° 35, décembre 1969.
- RICARDOU (Jean), *Problèmes du Nouveau Roman*, Paris, Seuil, 1967.
- ROBBE-GRILLET (Alain), « Samuel Beckett ou la présence sur la scène », in *Pour un Nouveau Roman*, Paris, Éditions de Minuit, 1963.
- ROBBE-GRILLET (Alain), « Sur quelques notions périmées », in *Pour un Nouveau Roman*, Paris, Éditions de Minuit, 1957.
- « Samuel Beckett », in *Larousse*, consulté le 20/05/2015.
  http://www.larousse.fr/encyclopedie/personnage/Samuel_Beckett/108121
- « Samuel Beckett », in *Les Éditions de Minuit*, consulté le 24/05/2015.
  http://www.leseditionsdeminuit.fr/f/index.php?sp=livAut&auteur_id=1377
- TOUSSAINT (Jean-Philippe), *L'Urgence et la Patience*, Paris, Éditions de Minuit, 2012.

www.50minutes.com

Éditeur responsable : Lemaitre Publishing
Rue Lemaitre 6 | BE-5000 Namur
info@lemaitre-editions.com

ISBN ebook : 978-2-8062-6316-2
ISBN papier : 978-2-8062-6317-9
Dépôt légal : D/2015/12603/89
Photo de couverture : © *Samuel Beckett* (1977), Bibliothèque nationale de France.

Conception numérique : Primento,
le partenaire numérique des éditeurs